KB177371

잠시 캄캄하고 부쩍 가벼워졌다

이 도서의 국립중앙도서관 출판예정도서목록(CIP)은 서지정보유통지원시
스템 홈페이지(http://seoji.nl.go.kr)와 국가자료종합목록 구축시스템(http://
kolis-net.nl.go.kr)에서 이용하실 수 있습니다.

(CIP제어번호 : CIP2020044285)

지혜사랑 226

잠시 캄캄하고 부쩍 가벼워졌다

박언숙

지혜

시인의 말

뭣도 없는 게
주는 것 보다 받아서 더 좋았던
천 개의 시시한 속내들

차가왔지만 뜨끈한
모자란 듯 감당할 수 있는
첫 집의 기둥 하나 빌렸다

열다섯 해 나이든 내 시들

험한 세상 밖은 추운데
걸친 것 하나 없는 맨발로
부디 잘 견디기를…

2020년
박언숙

차례

2부

3부

4부

• 일러두기
 한 연이 첫 번째 행에서 시작될 때는 > 로 표시합니다.

1부

관계

순간과 잠시 사이
기다림은 무슨 참견이 될까

순간은 머물지 못하는 애통함에 젖고
잠시는 머물 수 없는 야속함에 칭얼거리겠지

하여 기다림에 기대다 보면
붉은 딱새 가슴처럼 애 마르고 마는

순간과 잠시와의 관계

나를 스치고 간 너와 같아서
머물 줄 모르는 바람 같아서
그리고
내 손을 떠나간 쏜살같아서

빈집은 크고 무거웠다
― 권정생 빈집에서

집주인은 벌레가 평생 속을 갉아 먹어
어느 날 빈 몸이 되어 하늘로 날아갔다고 했다
텅 빈 껍질까지 바람 앞에 다 내어놓고
말년 가볍고 가볍게 탁탁 털고 갔다고 한다
평생 혼자 몸에 정 떼는 것도 겁나서
찾아오는 정붙이를 애써 밀어낸 혼자된 시간들
갈라진 흙벽이 묵묵부답 바람을 만나고 있다
누가 보낸 꽃바구니 꽃이 바스러지고 있고
색 바랜 리본에 검은 글자만 굵고 단단하게 붙었다
주인 닮았는지 그늘 두껍고 오지랖 넓은 느티나무
생전에 들려준 옛날이야기만큼 울창한 이파리들
몸피에 거느린 미물들 발걸음마저 드물었던
지난여름 매미들 정붙이고 비워둔 자리에
등껍질 터진 매미의 허울 좋은 빈집 몇 채
훨훨 날아갔을 거라는 물증만 남겨 놓았다
저 극빈의 우화와 주인 없는 빈집에서
홀연히 날아간 시린 마감의 흔적을 본다
아무 말 없이 묵묵하게 앉아 기다리는 집
돌아서서 나오는 나를 자꾸 끌어당기는 집
나는 얼마나 가벼울 수 있나 뒤꿈치를 꾹 눌렀다

봄날은 간다

아직 찾아야할 것을
못 찾은 암컷들이 붉다

복사꽃 꽃술에다 얼굴 붉게
파묻던 그 소녀들은
들키지 않으려고
붉은 색깔의 옷을 피해보지만
저절로 분홍빛으로 물드는
봄빛 감당키도 버거웠다는데

그나저나 알록달록
노인정의 저 할머니들은
붉어도 더 붉고 싶은 것일까
분홍과 꽃분홍 사이
빨강과 주황 사이
곱게곱게 차려 입은 봄날

어렵사리 희미한 꽃이 피지만
지금은 열매 맺을 일 없는 계절
그래도 아직 알 수 없는 시절이라

오늘도 쓸쓸히 걷는다마는

저 꽃잎들 붉은 물 빠지고 있는데
복사꽃은 울긋불긋 낯붉히는 봄날이다

어떤 차이를 읽다

머리 가슴 배로 읽으니
영락없는 같은 통속이다

때로는 밥벌이에 힘들고 지치면
잠시 배회도 하고 방황도 하겠지
힘겹게 이고 지고 식솔들 앞에
떡하니 부려놓을 뭔가를 챙겨서
대다수 일개미들은 집으로 돌아간다

좁은 뱃속 하나 달랑 달고 나와
챙겨놓을 곳간도 벌어 먹일 입 하나도 없이
다급하게 앵앵거리며 설치는 모기처럼
쓸쓸함을 뒤집어쓴 독거의 현주소
고독을 치렁치렁 걸친 주거부정의 혐의

뭐라도 챙겨서 돌아가고 있는 개미
하루를 견딘 뒷덜미 물관을 노리는 모기
도로 위를 죽기 살기로 엉겨 붙는 퇴근 행렬
가만히 들여다보기엔 다 똑같다

우화

자, 이제 네 껍질을 찢어
나를 꺼내 놓을 시간이야

질긴 네 허물에 쌓여 날개의 구김도
인내해야 했던 감옥살이
널 떠나 자유를 얻겠다는 몸부림
그땐 그 이유가 절박하다고 믿었어

네 허물을 찢고 젖은 가슴 햇살에 꺼내며
너를 매개로 삼아 참 미안하다고 생각했는데
바람처럼 가벼울 수 있는 유일한 내 정처
봄날을 만끽하며 더 높이 솟구친 나의 꿈들

너를 벗어 두고 바스러지도록 방치한 죄
봄꽃 속을 눈부시게 날아 본 후 알게 되었지
머무르고 싶은 봄날은 아주 잠깐이었다는 걸
또 다시 너를 잉태할 수 밖에 없는 몸
날개 꺾이고 목숨 다 바치며 또 산란해야하는

참새 가볍게 만진 날의 일기

몹시 불편하던 혹한의 오후였다

손 꺼내기도 싫어 호주머니의 어둠을 만지작거리며 걸었다
아주 잠깐사이 바람속에서 새 한 마리 떨고 있었고
멈춘 발걸음에 바람이 잠시 선심 쓰듯 멈춰준 덕분이었다
엄지와 집게손가락 둥글게 말아 새끼참새를 보듬어 본다
마치 내가 상위계층의 선심인양 옷깃을 열어 되도록 깊이
어미였으니 비록 마른젖줄의 모체본성에 충실하듯 여념
없었다
시린 내 손바닥으로 건너온 엄지손가락만한 새의 체온이
당도하기까지
참깨씨 만한 실눈 깜박이며 팔락거리는 심장박동이 만져
지기까지는
그러다가 내 엄지와 집게손가락의 서툰 힘조절에
몹시 불편해하며 채송화잎사귀 같은 부리를 삐죽거리는
사이
차마 만져지지 않는 깃털의 보드라움과 눈치채지 못한 발
톱의 날섬
손바닥 위를 도움닫기하며 눈깜박할 사이
팽팽하던 겨울 허공을 날카로이 찢는 도약
먼지만한 나의 착시를 산산이 부수고 튕겨 오르는 비상
새끼참새의 심장박동보다 더 가벼워진 헛손질

어디로 날려 보내야 할지는 참으로 하찮은 나의 걱정이
었고

  그야말로 참새 꼬리만한 혹한의 하루였고
  어이없지만 비켜갈 수 없는 만남
  어쩔 수 없는 눈곱만한 이별
  참으로 어찌하지 못할 영역이었다

지킬 수 있는 약속

비슬산 어딘가
손짓하는 참꽃으로도

뚝뚝
눈물비 떨구는 벚꽃잎으로도

그리움으로 봄을 앓아 몸져 누워도
나는 한 걸음에 달려갈 수가 없어요

허나 얼마나 다행인지요

사랑은 뒤도 안 보고 떠났지만
봄은 또 오마 굳은 약속을 했으니

천 개의 입술

아침을 향한 가늘고 긴 손의 집착
밤새 비밀의 꿈은 자꾸만 가늘어지고
허공을 가르며 은밀한 손길만 휘저었다

온밤을 배회하며 아우성치던 사내
골목 끝 초라한 문고리를 세게 여닫았다
어둠을 뚫고 나온 또 다른 사내가 휘청거리고
절정에 이른 고양이 울음 새벽을 부려놓았다
어제의 우화를 벗어내지 못한 사내는
담벼락에다 발길질로 성풀이를 해댔다

나팔꽃 봉오리들 입술 삐죽거리는데
동쪽 하늘은 벌써부터 붉게 번져오고 있다
바람은 얼른 입술이나 벌리라고 후끈한데

강력하고 화끈하게 천 개의 사랑을 만나
잠시잠깐 여름 한 철
천 개의 나팔꽃 입술에 기대어
이왕이면 열렬하게 사랑해 볼 일인데
나팔꽃 뾰족한 입술 열리기를 기다린다

철쭉꽃, 길을 잃다

삼년 전 봄
꽃망울 가득한 철쭉 몇 포기 담장 밑에 심었다
봄 내내 자지러지게 흐드러지던 꽃무더기
작년 봄, 올봄, 꽃 한 송이 피우지 않았다

탱탱하게 꽃눈 채워야 될 긴 겨울밤
날마다 담장을 기웃거리는 저 놈의 가로등
밤낮없이 마주보고 정분났는지
봄이면 뱃속 비운 꽃눈에 잎들만 너풀거린다
철쭉, 저것들 질펀한 잠자리도 제대로
못 갖고 날밤만 훤하게 새웠던 게다
오늘도 어김없이 가로등이란 놈은
벌건 눈알로 담장에 버티고서 밤을 쫓는다

매미도 쩡쩡 목이 쉬는 환한 여름밤
밤잠 설치는 불면의 몸들 뒤척거린다
어둠의 깊숙한 처소를 잃어버린 시절
담장 아래 불감증의 철쭉에게서
여러 소문들만 무성했던 봄은 또 떠났다

포도밭 아리랑

초록물 한 점
침샘 한 모금
봄부터 여름까지 포갠 햇살

내 빈약한 슬하
저렇게 꽉 찬 친밀
몇 배나 슬고슬어
빽빽하게 품어낼 수 있었나

초록물 다 빨린 자리
노심초사 젖 뗀 자리
비로소 피멍으로 물든 그 자리

아리알이랑 쓰리슬이랑 알알이요
아리쓰리 고개로 다 넘어 간다

풍경, 바람을 달래며

처마 끝에 거꾸로 매달려
달랑 소리 하나 건진 몸으로
비명인지 득음인지
문득 거들떠 보지도 않던
적막이 고요의 옆구리를 툭 친다
뚫린 귀로 자세히 새겨 들으라 하고
속사포 같은 말도 천천히 타일러 보란다

육신의 골육은 다 털렸는지
목젖 하나 달랑 붙들어 앉혔으나
싸늘한 이별에 마음은 온통 허공이다
몸뚱어리 두들겨 맞으며 얻는 소리
할 말은 쌓이고 기다림은 더 두꺼워졌다

날망 끝 발가락 꺾어 매달린 시간들
계절은 거칠게 훑어도 한 치 영락없고
가랑잎 뿌릴 때 칼날 같았던 최후통첩
만상은 또 숨죽이며 눈밭에 귀를 묻었다

허공 속으로 걸려든 연줄 같아서
댕그랑 댕그랑 바람을 달래는 소리
소리가 바람을 안을 때 나는 널 안아야했다

잠시잠깐 열렬했던 너를 놓치자
내게 남아있던 소리가 끊겼다
그 기다림은 저토록 까마득함이다

하목정 배롱나무

누각 처마 밑으로 드나든 바람은
정 붙을 성 싶으면 이내 달아나고
다시 돌아와서 또 정 붙인다

저와 같았던 한 시절도
천변 오솔길 따라 줄줄이 떠나고
따오기 울음은 수백 년 째 오리무중

노을은 날마다 강물에다 몸을 풀고
서쪽으로 간 새떼 불러들이는 배롱나무
담장너머 까치발 서서 늘어난 모가지
하루에도 열두 번씩 손짓하며 서 있다

노쇠한 몸은 울퉁불퉁 퇴행성이다
튄 뼈마디 마다 홍등 켜고 선 나무
우듬지가 이정표다

한 생애

싹싹 긁어서
감자껍질 벗긴다

긁고 긁어내다 보면
질긴 가슴도 열리겠지
쩍쩍 가문 논바닥처럼
애 마른 가슴자리 드러나겠지

빈 가슴 애 마를 일
한 두 가지라야 다 채우지
꾹꾹 눌러놓은 다짐도 풀렸다
먹빛 바래 듯 희미해지는 가을

호박 넝쿨손

가늘고 긴 손의 저 호박 넝쿨 기어코
벽돌담 틈이라도 거머쥐고 후벼서 길을 내었다
시멘트 독성으로 더러 손끝이 헐기도 하고
담장 넘어 서 있는 피라칸사 가지를 붙잡다가
날갯죽지가 찢겨 멈칫 물러설 때도 있었다
폭 넓은 치마 밑 알뜰한 손놀림으로 나팔꽃이든
메꽃이든 아랫것 영역도 불사하고 근처를 넓혀간다
누구였더라? 호박꽃도 꽃이냐 묻던 사람에게
너른 이파리 밑 오막살이들 꼼지락거림을 보시기를
큰 꽃의 목구멍 드나드는 식솔들 발꿈치가 몇 개인지
속속들이 큰 통속인지라 호언장담도 당당하다
한 뼘이라도 더 당기는 손아귀 개망초 허리 휘청거리고
손가락 끝에 움켜잡힌 각진 살림살이가 수용되기까지
꽃도 꽃 나름이라는 편견을 부수며 이 악물고 기었다
보란 듯이 일대에서 제일 큰 열매 맺어 갚음도 해보는
가늘고 투박한 넝쿨손의 선전포고를 기꺼이 받아쓰다

화장실 속 휴대폰

투다닥 소리와 함께
손 쓸 틈 없이 재래식 화장실로 휴대폰이 빠졌다
사사건건 물고 늘어지는 발목 잡힘이 귀찮고
멱살잡이 당하는 것 같아 던져버리고 싶었는데
마침내 눈치 챘는지 순식간에 내 눈앞에서 사라졌다
벗어나고파 안달했던 것으로부터 이제 자유다
잠시,
그러나 천만에 말씀,
화장실 문을 나오기도 전에 허옇게 빈 내 손
순식간에 모두 날려 보낸 것 같았다
벌써 누군가 애타게 찾는지 진동소리 웅웅 귓전을 흔들
어댄다
관계의 실종 앞에 우두커니 패스워드를 잊어버리고
경로를 이탈한 네비게이션의 고정화면이 되어 굳어 버렸다
이런 엉터리 같으니라고,
궁박하기 짝이 없는 나의 아날로그 허세인가
졸지에 끊긴 전파의 금단증세가 혹독하다
내 손아귀의 주도면밀이 드러난 참담함 앞에서
하얗게 밀려오는 백지화
파쇄된 문서의 퍼즐을 맞추려 애를 쓴다

종문소식 된 그대 목소리를 찾습니다

2부

13이라는 수

글쎄 거기가 어디일까 도무지 알 수 없는
한 발 더 나갈 수도 뒤로 물러설 수도 없는
그러나 없어지지도 않는 열세 번째의 시간
거기 누구도 자신 있게 알람 울리지 못한다고

글쎄 뭔 까닭으로 어스름 저녁에 눈물이 났는지
달 기울 때마다 열두 시가 모자라 애석하다고
달이 찬 밤이 살찌면 허허롭기 그지없다 우겼지
끈질긴 불면증 맘껏 넘나들어도 안전지대라 하는

글쎄 이러지도 저러지도 못하는 한 무리
국경선 스며들 듯 자세를 납작 엎드리고
조급증으로 아부 떨다 이 눈치 저 눈치 다 던지고
에라 모르겠다 만천하에 까발려버린
유다의 고자질같이 얄팍하게 알짱대다가
어디론가 유령선처럼 떠돈다는 어정쩡 소문만

그렁그렁 물에 젖는다는 건

봄밤 무논에 개구리가 울기 시작하네
초저녁 1분 간격 울다 그치기를 반복하네
나름 갖춰진 운율은 제법 질서를 가르치네

볼때기에 바람물고 1분간 배로 밀고 당기네
바람 빠진 볼의 얼얼함을 애써 생각하네
밤이 더욱 이슥해지면 규칙도 간 곳 없고
다급히 뒤엉긴 소리 날선 내지름이 가파르네

절정은 참아온 순간을 못다 지른 절벽 같아서
어둠만큼 까마득하고 적막보다도 캄캄하네
바람결에도 찔러대는 통점 하나
두 다리 뻗고 목 놓아 울지도 못 하겠네
그렁그렁 눈물 쏟아 눈동자를 지우네

와글와글 봄밤을 어르고 달래는 소리
개구리 세레나데와 독한 내 불면의 만남
이후 불면은 아예 나를 갖고 놀기 시작하네

나무에게 물어보지도 않고

붙들고 앉으면 시간 가는 줄 모르는 놀이를 해보기로 했다

들여다보는 시간이 길어질수록 나무의 일생이 내게 말을
걸었다
회오리처럼 엉켜 풀지 못한 옹이일수록 대체로 고집불통
이라고
얼마나 아프게 견뎌낸 상처라야 이런 흉터를 남기는지
흠집은 늘 어둡고 완고해서 쓸쓸한 오솔길 하나 보듬어
주지 않는지
길을 내지 못한 옹이 근처는 자주 톱날이 걸리고 거센 저
항에 튕겼다
그 기억이 날카로울수록 흉터는 눈이 밝아서 예리한 이유
도 들춰낸다
칼날 들이댈 때마다 단호하게 밀어내는 옹이의 저항 앞에
지난 연둣빛 사연 불러다 달래주고 추억 속 기도문으
로 타일렀다
머리맡에 걸어둘 잠언 한 줄도 누구에게는 잊지 못할 구
환이 되고
명필의 꿈틀거림으로 든든한 위문이 된다는 구실을 갖다
붙이며
밀폐된 나무의 아픈 역사를 후련하게 풀어준다고 과대평
가도 하면서

내 안에 맺힌 흉터들 다 끌어안고도 만져주지 못한 불찰을 묻고

　날이 뾰족한 창칼로 나무의 흉터를 후벼 파고 첫 숨길을 내어 주었다

　첫숨이 통하자 날 새는 줄 모르고 붙어있으니 서로 솔직해지기 시작했다

　나무가 나를 갖고 노는지 내가 나무를 가지고 노는지

　만성 체증으로 눌러대던 명치 아래도 무지근했던 두통도 잊어먹고

　어느새 토닥토닥 우린 돈독해졌다

　결과적으로 맺힌 게 많은 내 안의 옹이풀이를 나무에게 떠맡겼다

도돌이표 앞에서

오선지 같은 길 따라 걸어왔다
곳곳마다 음표 달린 신호등이 있고
그 길 중간마다 절대권한의 이정표 있다

길 따라 무작정 달려가지만
장애물에 걸려 낭패 본 적도 있고
때로는 돌아서고픈 후회의 구간도 있다
추월선은 단호해서 함부로 끼어들지 못하고
정처 없이 헤매다 가까스로 돌아온 저녁
명치 위를 독하게 할퀴는 역류의 통점 근처
망설이다 돌아선 사무치게 그리운 구간
오선지 위를 군말 없이 돌아서는 자리
무조건 돌아가라는 도돌이표 앞이라면
어느 한 시절로 나도 돌아가고 싶었다

잠시 후 뉴턴입니다
300미터 전방에서 뉴턴입니다
돌아가시겠습니까?

네비게이션이 똑 소리나게 닦달했다

마음은 뚜껑이라서

나는 뚜껑
그러고 보면 늘 뚜껑인 채로 덮는 데 급급했지
잘 보호한다는 게 가둬놓기에 바빴고
무조건 막은 차단과 밀폐는 과부하에 걸리기 마련
폭발과 발작으로 저항하는 걸 뒤늦게 알게 되겠지

너도 뚜껑이라
문이 열리면 밖으로 달아나기 바쁘고
연신 굽신거리지만 짓밟혀 쭈그러지고
발길에 걷어차여 만신창이인 채
가끔 돌아오지 못할 뻔하던 날들
그로 인해 정체성까지 흔들렸던 날까지
무너진 자존심은 바닥으로 내던져졌지

내가 뚜껑이어서 네가 불안하겠지만
네가 뚜껑이면 나도 긴장의 끈을 놓지 못해
너와 내가 멀어지면 붙잡아줘야 하는 관계들
지겨웠던 한 고비 넘기고 보면 그나마 다행이야
불화도 잘 삭힐 버릇하면 마음붙이로 남는 것
마음이 뚜껑으로 튕기면 몸은 더 다급해
몸과 마음 야무지게 여닫아야만 되는
세상의 모든 뚜껑과 뚜껑들

목공예 전시장 근처

역 지하도로 가는 길가에
목공예를 전문으로 하는 전시장이 있고
그곳에는 나무뿌리로 만든 작품들
연신 우두둑 웅크린 관절 펴는 소리 들린다
누대에 걸친 무거운 암매장의 상처
필사적 탈출로 거듭된 순장의 역사
어둠에서 지상으로 구원시켜 끌어다놓은
악착스런 수족들 달래 환생케 하는 전시장 있고
지하계단 밑으로 노숙의 흔적 역력한 사내가 있고
몸을 최대한 웅크린 채 눈길은 더 아래로 깊어진다
어둠이 짙어져서야 비로소 구겨진 몸을
조금씩 펴서 신문지 위로 슬며시 내려놓는다
뿌리들 지상으로의 환생이 바로 위에 있는데
희미한 불빛에도 눈이 부셔 바스라질 것 같은
어둠에만 등 기대고 발굴을 거절당한 유적 앞에
나는 오늘도 지상으로 또 지하로 오르고 내린다

못갖춘마디를 읽다

지하철 타러 지하로 내려갔다
슬리퍼를 신고, 런닝화를 신고,
혹은 하루만큼 아찔한 킬힐을 신고
한 계단 두 계단 삼백육십 다섯 계단 수도 없이

줄지어 꾸물꾸물 기어오르고 내려가는
쫓기지 않는 백수 생활이란 참으로 한갓져서
어쩌다 눈꺼풀 위로 콩깍지가 덮였는지
다촛점 안경 밖으로 피사체가 울렁거리고
멀리 노약자석이 얼른 눈에 들어오고
남은 낯선 체온까지 선뜻 낯이 익는지

두 개의 눈알 번득이며 어둠의 굴에서 튀어나오는
방향잡이 더듬이에 졸음 몰린 기관사와 눈길 스치고
문득 인정사정없이 지나가고 있는 저 쓸쓸함을 공유한다
이미 기관실은 어둠 속에 들이밀고 홀로 견디는 사내
양옆구리마다 발이란 발 빼곡하게 매달고 불나게 달리고

만상들로 우글거리는 궁금하기 짝이 없는 저 뱃속
충혈된 눈알 두 개와 마디마디가 쑤시는
발가락들 꽉 찬 거대한 지네를 자꾸 읽었다

볼록렌즈가 필요해

내달리던 속도를 줄이고
반사경 앞에서 귀를 기울여봐
문득 너의 발소리가 들리곤 해

길 멈추고 아이 콘택트 하듯
시리고 아프게 들여다보면
네 눈동자처럼 내가 어룽거려

굽이굽이 돌아가는 길
우리 이제는 만나야 하는데
가지 않은 그 길이 늘 궁금하다

불놀이

어둠을 벗어
모닥불 위에 포갰다

불쏘시개 한 움큼에
눈물 꽤나 흘린 시간

애초에 벗어도 좋을 것들
다 탄 자리가 하염없이 가벼웠다

그 밤
내게 깃든 어둠이
향기처럼 희미해졌다

어떤 도구

톡, 톡, 톡,
대지 위를 빗방울이 노크하듯 세상에다 내는 길

햇살 따사로운 보도블럭 따라 흰 지팡이 소녀 길을 걷는
다
정오의 그림자가 소녀의 발밑으로 불려와 느긋하게 엎드
린
숙련된 지팡이 하나로 진두지휘 길을 만들어낸다
매순간 두 눈 훤히 뜨고도 곤두박질 치는 세상
소녀는 발자국 색깔까지 보는 듯 만지는 듯 생글거린다

앞질러간 허덕임도 뒤에서 달려오는 조바심도
가만가만 발자국의 거친 호흡을 달래주는 표정
보이지 않는 시간에 얽매어 애타는 마음도
끝이 보이지 않는 길을 헤매는 투덜거림도
만지고 타이르는 그녀만이 시공한 길

한때는 숨기고 싶은 이름표 하얀 지팡이
무사의 비장한 명검으로 주군을 떠받드는
먼 길 든든한 길동무 한치 앞을 먼저 알아
이정표마다 몸으로 꼭꼭 눌러 곡진하게 이끈다

\>

톡, 톡, 톡,

달팽이 몸으로 밀어 만든 촉촉한 그런 길 하나 있다

어쩌다 얻은 이름

느닷없이 하루는 천둥번개 치고 받고
급히 우박 덤터기 덮어씌우기도 해서
우리네 이별 또한 저렇게 느닷없어서

잠시 냉정했던 순간의 흔적이었나
아니면 첫사랑의 흐린 추억 속 사진 같은가
청춘의 한 시절 뜨겁고 화창했지만
어쩌다 피할 수 없는 국지전도 있었지

어느 오후 한때 소나기 후려친 풀잎처럼
여름날 격정을 겪고 일어선 상처 그 자리
변명처럼 건져 올린 계급장이라 친다면
그나마 일말의 염치없어 가만히 불러볼 것

보조개사과,
마치 우박의 화해를 받아 얻은 것 같은
누군가 그 지독한 기억 애써 기려 붙여준 이름
이 정도 진정성 있는 사과가 우리에게 참 필요하지

열대야

극성스런 여름 밤하늘 아래
생애 육천 개의 별을 헤아리도록 허락 받았다
두 눈 벌겋게 부풀도록 풀밭에 드러누워
불덩이 아침 해가 올라오도록 밤새 뒤척였다
저 별 하나 찾을 때까지

지명수배, 봄

그는 학교를 빼앗긴 두 아이와
집으로 직장을 옮긴 아내를 가두고 나갔다

네 식구 오순도순 함께 밥 먹지 않기
얼싸안고 출퇴근 인사 나누지 말기
이른바 작전명 사회적 거리두기

핵심 아이템은 마스크로 낯짝 가리기
거울도 알아보지 못하는 낯설게 하기
주먹다짐을 나누는 황당한 룰이 정해졌다

무수히 접선했던 그들과 나의 연결선
인연 따윈 어이없이 묵살하는 괴이한 간격
장애물과 살얼음판 딛는 사회적 관계와 환경

화살 같이 긴장된 하루의 출정을 마치고
어둠 속 숨죽여 찾아든 현관문 안에서
화들짝 반기는 눈망울을 신속하게 세었다

긴 숨 풀어내며 비로소 안도하는 그가
눈빛만으로 주고받는 안부가 익숙해진다

\>

    기상천외한 미증유의 봄
    온몸을 화살받이로 내놓은 거점 병동에서
    기어코 본능을 퍼뜨리는 봄꽃처럼
    피땀으로 막아선 백의의 처절한 분투

    어느 환한 봄,
    이 잔인한 추억을 새삼 말할 수 있을까

입하立夏

초록은
여지없이 밀려들고

산중은
묵묵부답 숨소리만 거칠다

어둠의 숲에
날숨 들이쉬다가

후끈한 들숨에
혼비백산 하는 시간

바람의 무능이
소문처럼 번지는데

우린 이제부터
더 뜨거워지기로 작정했다

풍장

어떤 한적한 휴게소 화장실에서 만난
세숫비누는 문질러도 거품이 나지 않았다
야윈 낯빛과 오래되어 갈라진 몸
속에 품어둔 향기마저 달아나고 없다

찾는 발길 드물어 인심도 팍팍한데
제 몸에 눈물구멍 다 틀어막은 비누까지
세월 앞을 맥없이 기다리다 지치면
아낌없이 풀던 비누거품도 애가 말라

누군가 자주 쓰다듬고 어루만지던 기억
시간 속으로 유유히 흘러간 언저리
바람맞은 몸으로 저리 애태우다 보면
그리운 사람 찾아와도 눈물마저 거두는지

3부

날아본 적 없는 날개

들이댄 후에야 암컷인지 수컷인지
알 수 있는 우매한 날개의 퍼득임이 있다

분탕치듯 요란한 그 짓의 뒷감당은 죽음이라
종례 죽음을 향하는 미물들의 숙명이지
선택의 여지없는 단 한 번의 짧은 삽입이지
한 번도 날아본 적 없는 날것의 황홀한 날개짓

소진될 때까지 밤을 새는 교미의 굿판
배란과 산통의 몸부림은 급기야 절명이라
수컷은 마땅히 죽어야 찰진 알을 슨다는
안전하게 붙여놓고 죽는 건 암컷의 몫이다
암수가 응당 슬어야 하는 숙생의 배란
누에나방의 다급한 하룻밤 정사 이야기

어깨 무겁게 짊어진 이승의 업 다하려고
험준한 설산 넘어가는 실크로드 날개천
위태로운 죽음으로 얻어내는 헐한 몸 삯들
이어지듯 끊어지는 아슬아슬한 벼랑 더딘 걸음
발바닥 갈라터지는 천길 나락의 아득한 길
우매한 날개의 퍼덕임처럼 절박하고 아픈 생

>
　깎아지른 허방을 짚어낸 만 갈래의 원행
　묵묵부답 한 생들이 제몫으로 받드는 길

꽃무릇

그대 숨소리 지척에서 들렸어요

내 발길은 그 얼마나 바빴는지
아직 길은 하염없이 남았다 그랬나요
분명 길은 그대에게 가는 길인데
나 꽃 핀 자리가 약속한 그 자리 맞는지요
혼자 걷는 길이 외롭고 아득하니
속히 뒤따라 나서라는 당부도 들렸어요
어디쯤에서 소리쳐 불러도 봤네요
그대 숨소리는 지척에서 들리는데
평생 못 지킬 우리 약속
파도가 바위 무릎에서 눈 감을 날 염원하듯
그대 푸른 잎에 기대어 꽃 한번 피워 봤으면
나 그대에게 가는 길 아직도 못 찾아
붉은 울음 무덕무덕 세워둡니다

젖은 눈물자리에서 오도가도 못 합니다

네펜데스

여름 창가에 네펜데스
길게 주둥이 벌리고 은은한
단내 솔솔 풍기기 시작했다

근처를 지나가던 파리 한 마리
군침 삼키며 흘깃흘깃 수작 부리다가
아뿔싸,
그 길이 황천길이 되고 마는군
처음 달콤한 향기가 와 닿던
그 순간이 벼랑 끝인 것을

슬며시 푸른 눈웃음 이죽거리며
유혹의 경계선을 넘기만 하면
천길 나락으로 치닫고 마는
매순간 단맛의 아찔함이던 기억들
달작지근 했으나 멀어져간 시간
깎아지른 허방을 짚으며 너를 놓쳤다

여름 창가
단내 풍기는 네펜데스
눈길은 주되 마음은 붙들 것
배신의 시작은 늘 달콤했으므로

드라이플라워

영원히 변하지 않겠다는 굳은 약속

바람 앞에 지킬 수 없음을 알게 된 후

마음은 여려 속절없이 허물어지는 여자

온몸 물에 젖어 날마다 새파랗게 떨던 여자

마침내 마음자리 묶어 거꾸로 매달려진 여자

짓궂은 바람이 쉴 새 없이 흔들어대는 창가

솜털 하나 빠짐없이 꼿꼿이 날 세우는 여자

길고 지루했던 생애 마음은 버리고 몸만 남긴 채

꼬장꼬장한 영혼의 뼈대만 아프게 버티고 있다

질끈 봉인한 은밀한 추억 한결 느슨해지고

수시로 그렁거리던 눈물 흔적 하얗게 지운 오후

>

드디어 저 여자 영생불멸에 드는가 보다

잠시 캄캄하고 부쩍 가벼워졌다

오, 저런

부서지는 기억일랑 그저 바라보기만 하라고

저 허공이 붙들고 있는 등신불 같은

달팽이 소묘

들이민다 아니 붙들고 늘어진다
아니다 오히려 끌어당긴다
아예 등줄을 뚝뚝 끊어내고 있다
등줄기 따라 오그라드는 벗은 몸의 치수
등을 가로지른 줄이라 등줄이지 똥줄인 것을
몸을 밀어내기 위해 오그라뜨리는 압축의 통점
똥줄 타게 살아내는 것이 달팽이 뿐일까
세상 몸들은 저렇게 똥줄 태워가며
줄을 긋고 밀려나고 다시 줄을 대는 퍼포먼스
느릿느릿 민달팽이 한 마리가
홀랑 벗은 채로 세상의 경계선을 넘어간다
혓바닥에서 뱃가죽까지 애써 들이민다
예민해진 촉수 있는대로 홀랑 끄집어내
쑥쑥 뽑아서 칼처럼 휘둘러보기도 하며
실오라기 한 올 걸치지 않은 몸
결코 초라하게만 보이지 않은 맨살의
똥줄 태워 그려내는 저 화끈한 획들

뗀다에서 든다까지

젖을 먹는 새끼들에게 가장 무서운 건
어미가 젖을 주다가 벌떡 일어서는 것이다
입에 물고 있는 젖꼭지가 영원히 제차지
아님을 알아야 되는 때가 왔다는 것
어미는 슬슬 젖 뗄 준비를 하는 모양이고
본디 젖은 어미 것이지만 잠깐 빌려준 거라
먹어야 될 때는 무한정 퍼 주다가
떼야겠다는 책임 또한 냉정해서 여지없다
정이란 의도와 달라 너무 깊어도 무섭다
마음과 다르게 제멋대로 젖어 들 것이고
끈끈하고 찰지게 안겨 붙는 것인데
드는 것에 속수무책인 그 많던 정처들
다 어디로 갔는지 다시 돌아오지 않았다
갈 곳이 어딘지도 모르는 어린 것들에게는
청천벽력,
벌떡 일어나는 어미의 저 맘은 어떨까
입에 물고 있던 젖꼭지를 뽁 소리와 함께 뺏긴 놈도
눈치껏 물고 버티며 질질 딸려가던 놈도
화끈거리는 저 분홍 발바닥에 곧 흙물이 들 때다

망초꽃 이야기

들리는 소문으로는
이미 다 떠나간 자리라고 했어
뒷모습 훔치려 까치발 세우고
묵정밭 개망초는 저렇게 우거졌지

젖은 눈물자리 흥건한 발목
강가에 나가앉은 물망초
쭈뼛쭈뼛 모가지 길어지고
야윈 향기로 그저 나를 잊지 마라

너 떠나간 자리
저렇게 우거져야만 했던 내 가슴 언저리리

불끈 쥔 손, 녹색동물

죽어라 말라서 비틀어지고도
바위를 떠나지 못하는 바위손처럼
백날을 비 한 방울 오지 않는 바위에 붙어
오그라짐을 받아들이는 개부처손처럼
거죽 마르고 내장 마르고 종래 생각조차 마르는
육신 부서질 때쯤 한 두 차례 지나치는 빗방울
그간 무정함에도 화해하듯 손가락 흔들어 안부하는
바람의 농락은 우리 앞섶을 더 여미게 하지
비를 기다려 보면 바람이 참 밉상이란 걸 알게 돼
신속하게 젖어 포자 분열까지 산고는 그렇게 다급하다
흙에 발 한 번 딛지 않고 절명처럼 기댄
매정한 바위에서 오직 비를 향한 면벽정진
물기 마른 몸은 물을 만나야 새끼를 치는
독한 목마름으로 내몰린 온갖 손과 손들
묵묵부답 저 손에 무지막지한 힘이 들어있다

사랑초 앞에서

해질 무렵 담장 아래 사랑초 무더기
낮동안 각자 벌어져 바빴던 꽃잎들
다시 보듬어 안는 저들의 저녁걷이

이파리는 이파리끼리 셋이 한 몸 되고
꽃은 꽃끼리 다섯 장 꽁꽁 끌어안고
어둠이 깊을수록 오순도순 따신 둥지

어린 날 피붙이들 한 이불 덮고 누워
이불자락 끌어당기며 곰실대던 엄살
내 편인 사람에 비로소 부려보는 그것
겨울 아랫목에 곰살스런 엄구럭을 본다

어둠사리 든다고 하던 일 멈추고
저녁에 대하여 몸으로 보이는 저들 앞에
솔직 담백한 사랑의 몸짓이 환하고 똑똑하다
사랑초라 부르는 이유를 슬쩍 훔쳐보았다

생태보고서
― 공생

　여태까지 네가 긋고 간 길 위 흔적만 찾아서 핥아 먹고 살았다 그것은 개미도 진딧물도 서로 충족되지 않을 목마름이었고 먼 기다림이었고 기어이 알아버린 둘이 한 방향의 길이었고 네가 머물다간 가지 끝은 아주 짧은 단맛으로 포장된 길일 뿐 애초에 포식이란 먼 단어 앞에서 좌절하게 했던 단물 햇살 꽁무니를 물고 길게 늘어져 누운 그림자 곧 밀려드는 어둠에게 먹혀 흔적을 지울 때 바람은 끊임없이 너의 몸 자국 위를 거칠게 훑고 혼란으로 둔해진 후각을 노리며 흔적 놓쳐 헤매기도 했다 감질나게 단물 핥아가며 꼬박꼬박 널 따라온 세월 가늘어지고 끝을 알 수 없이 모습 사라진 길에 더 이상 나아갈 의미도 잃고 방황하며 헤매는 삶을 빈정거리지만 운명처럼 그어진 저 위태로운 나뭇가지 끝을 향하는 우리 그리고 너와 나 어제 오늘 내일 개미와 진딧물처럼 뒤를 이을 선택의 여지 얼마일까?

생태보고서
― 기생

비스듬한 경사각에 기대어 다닥다닥 몸 붙인 집들
　가늘고 위태로운 골목이 엮어 놓은 서쪽받이 동네가 있고
　햇살이 뻔질나게 드나들며 살찐 그늘을 조금씩 뽑아가기
도 한다

　하지 지나 더위가 여세를 몰아가는 저녁
　이따금 순서에도 없이 은밀한 여자의 비명소리를 들었다
　낡은 가로등 그늘처럼 슬그머니 이 동네 눌러앉은 사내는
　제 성질이 풀릴 때까지 다 허물어지는 여자에게 노략질
을 해댄다
　끈질기게 달라붙는 하지의 땡볕보다 모질고 악착스럽게
　초록잎 단물 빠지듯 찰진 여자는 총기를 잃어가고 있다
　야윈 여자에게서 아들 둘 뽑아내고 올가미를 씌운 남자
　꿈을 닫아 건 기억과 빗장 지른 침묵에 더 끈적거리는 집착
　홀로서기를 역모하는 그녀의 입술
　뱉을 수 없어 깨물고 있는 구조의 신음소리
　뱀의 허물같이 끔찍한 사내의 침략은 차갑게 되풀이 된다
　사내의 구역 안에서 그녀는 두들겨 맞고 누워야 하고
　가슴 벌리면 안겨야 되고 걷어차면 나가떨어지는 노략
　원치 않는 한살이에 빌붙어 더러운 몸 통째 떠맡기고
　무임승차하는 뿌리혹박테리아의 극치를 보여주었다
　숙주의 생은 저항도 거부도 허락 못하는 짝짓기가 되어

물관 깊은 곳에 빨대를 꽂고 남의 생을 독식하는
종래 죽음이라야 끝이 나는 서쪽에 기댄 삶을 끌고 간다

벽이 얇아지는 여름밤 겨우 붙든 잠을 확 가로질러
어떤 짐승을 씹어 삼켜도 시원찮을 그런 밤이길 빌었다

생태보고서
— 탁란

'영화*가 시작되면
뽀얀 먼지를 달고 온 버스가 서고
아이가 엄마 손을 잡고 내린다
버스가 다시 섰을 땐 엄마 혼자 떠났다
말 못하는 외할머니 곁에 떨궈진 아이'

만삭의 뻐꾸기 한 마리
몰래 오목눈이 둥지에 알을 낳는다
그후부터 이 산 저 산
뻐꾸기 울음소리가 유별나다
화끈거리던 진달래 열을 식히고
숲은 녹빛으로 가득해 어둑하다
청보리 여무는 소리 서걱거릴 때
쑥부쟁이도 개망초도 꽃눈 만든다
코뚜레 뚫은 소 풀밭을 호령하다가
등줄따라 미끌리는 햇살 등살에
꼬리에 바람물고 너붓이 엎드렸다
뻐꾸기 날마다 울타리 너머
먼발치서 흘깃흘깃 새끼를 부른다
새끼는 제 어미에게만 귀 기울이며
자고 일어나고 얻어먹고 씩씩하다
다 자란 새끼 불러내 자취를 감춘

오목눈이 둥지가 이제 텅 비었다
뻐꾸기 울음소리 그치자
오목눈이 울음소리가 숲을 채운다

'또 한 대의 버스가 할머니만 남기고 떠나면
할머니 볼우물에 서벅한 해 그름이 고인다
아직까지 이름 한 번 불러보지 못했는데
귀 어둔 할머니 쭈구렁한 젖가슴 흔들며
굽은 등허리 닮은 집으로 들어간다'

* 영화 「집으로」.

생태보고서
— 교란

그 옛날부터 숲에는 새들이 집을 지었다
곧 남쪽으로 갈 일이지만 그래도 집을 지었다
그 아래 사람들이 집을 짓고 살았다
여자와 남자가 함께 있어 식구도 늘어났다
산에서 새들이 알을 품어 새끼를 치고
숲은 부지런히 먹이고 키워 지저귐이 가득 찼다
그런 사람의 동네에 이상기류가 스며들어
폭력이 난무하고, 이기심, 위선, 아집, 무관심이 넘쳐났다
사람과 사람이 사랑을 버리고 사랑을 잃으면서 싸늘하게
식었다
사람의 집에 아기 울음소리 점점 뜸해진다
숲은 더 이상 산 것들 품이 될 수 없어 아우성이고
바람은 거칠게 바다를 뒤집어엎기도 한다
안간힘으로 버티면서 땀 흘리는 빙산
툰드라로 바람길이 나서 빗금치며 빛이 들어왔다
세상의 군데군데 눈비가 쏟아 붓고
6월 산꼭대기에 연달래는 밤새 얼음꽃이 피고
철새가 시간을 잃고 헤매다 알 품는 일도 서툴러졌다
지령실이 마비되자 후투티, 호반새, 삼광조, 팔색조는
더 이상 어디에서도 아예 자취를 감췄다
새들의 남쪽 행에 비상이 걸리고
질주하던 사람들 급히 길 멈추고 두리번거린다

갈 길을 잃었다
새들의 집에는 삭은 알이 방치되고
숲으로부터 실종의 보고서가 수시로 날아든다
저 먼데서 엘리뇨가 교란 작전 중이란다

생태보고서
— 주거부정

주거부정의 사내가 뉴스 한 귀퉁이에
제 집 지붕 챙긴 듯 점퍼를 덮어쓰고
경찰서 책상 앞에 웅크리고 엎드렸다

이제 거처가 생겨 마음이 놓인다는 듯
더 이상 등쳐먹지 않아도 되겠다는듯
이실직고 까발리는 목소리가 홀가분해서
나이 몇 살에 주소는 주거부정이라고
순간 절망이 치렁치렁 몸에 두르고 있다

때 이른 모기는 당당하게 피를 찾아 나섰다
정확히 혈관에 꽂아 피를 빠는 기술에
집도 절도 없는 놈에게 내 피까지 상납하나
긁은 자리 또 긁으며 여름을 겨우 났다

그는 나와도 정처가 없어 또 떠돌 것이고
모기도 낮 동안 숨죽이다 밤이면 활보하지
절묘하게 피 냄새 맡고 음흉한 저공비행
주거부정의 사내와 모기 도찐개찐이다

압화

한 때는 별명이 울보라고 했어
내게 넘치던 7할의 눈물 결국 사치였어
욕심인 줄 모르고 품은 순간들

바람의 저항 앞에 엎어진 꽃잎들
세찬 바람 앞을 거칠게 감당해 본 후
싱싱하게 돋은 가시마저 접기로 했어

화려한 수식어도 벗어 던지고
부질없는 무게 다 버리기로 했지만
버리지 못한 건 반쪽 가슴이었어

어느 가을 오후 3시쯤이 딱 좋겠어
봉인을 끝낸 비망록 속 눌러둔 꽃잎으로
툭, 그대 발등 위로 떨어지는 꿈을 꿨어

시간이 오랫동안 해결 못한 마음의 먼지로
해쓱한 낯빛에 넋이 도난된 껍데기로
오래 전 너에게 건네줬던 마음 한 자락
다 털리고 나서야 안녕이라 전하고 싶어

4부

갱년기

눈 내리는 겨울 산수화 같이
물기 말라 헐거워진 숲이 있다

가을이 숲에 내려올 무렵,
땡볕을 분주히 달려온 여자
병원 복도 한 켠 그림같이 앉아있다
방사선 냄새 가득한 방에서
구멍 숭숭난 뼈의 단면을 들여다 본 후로

숲 속 봄은 깊어 우거졌는데
새들의 지저귐 들어차서 넘친다는 데
무거운 햇살 뱀허물 벗듯 무게 들어내고
숲 웅덩이 마른껍질의 침묵처럼 웅얼거리는 데

한참 그림으로 앉았던 여자가 일어서자
멈춰진 시간이 우르르 함께 일어나고
모서리가 만져지지 않던 삶이 다시 각을 세운다
성긴 숲의 바쁜 갈무리로 저녁연기 자욱한데

푸르름 가득한 숲이 헐겁기 시작하자
알뜰하던 둥지와 옹골찬 가슴을 가진 여자
결연히 몸 추스리고 안간힘을 쓰는 계절

그 보릿고개

던져놓은 기억 속을 꾹꾹 찌르는 까끄레기

구수해서 더 배고픈 보릿대 타는 연기

들여다볼수록 시커멓고 캄캄했던 아궁이

목젖이 다급하게 불러대는 빈 숟가락질

쭉정이들 탈탈 털어낸 노름방 문틈으로

풋보리 닦달하랴 울화통 난 어머니 키질

오뉴월 보리북데기처럼 훨훨 날아간

먼 그리움

다 던져두고 어머니만 건져내고 싶은 저녁

꼭지에게

쓰리아웃에 삼진아웃을 던져야 하는 투수
날카로운 공을 늘씬하게 때려야 하는 타자
운명의 저 꼭짓점이 죽기 아니면 까무러치기지

셋째 딸로 태어난 내 친구 이름은 꼭지
낳아야 할 동생은 틀림없는 아들이란 이름
빼도 박도 못하는 희생플라이 같은

셋째 딸은 보지도 않고 데려간다 위로하며
날 때부터 이름값 하라고 제물처럼 등판된
게임은 투수도 타자도 호락호락하지 않았다

집안을 받치는 살림기둥으로 붙잡아두고
쓰러지는 가세를 억척같이 회생시키는 일
내 친구 꼭지 마치 도루하듯 질주했다

세상의 누이들 땀방울로 얼룩진 이마
피눈물로 지켜내도 늘 위태로운 꼭짓점
오늘도 병원 대기석에 기대 달게 졸고 있는 친구

돌아가는 길

가을날
누군가 애타게 기다리는 곳

흰 머리카락 위로 쏟아지는 햇살
가랑잎이 조용히 덮는 발자국
갈 길 잃어 느려진 걸음
심심하기 짝이 없는 입술
쓸쓸한 가슴과 공허한 눈동자들
한 명도 남김없이 다 비우고 나면
이내 텅 빈 속 다시 채우는 열차
목소리 바꿔서 출발이라 외치는데

문양역
누가 여기를 종점이라 부르는가

등이 시리다는 말

가을 타작마당에 그림자 긴 시간
유난히 짧고 굽은 등 위로
지는 햇살 한 줌 끈질기게 업혔다

세월의 중간에서 단 한 번이라도
든든한 앞가슴이 덧대줬더라면
떠밀린 저 등이 앞으로만 굽었을까

빈들에 노을이 지면 나그네 등짐처럼
아버지 뒷모습으로 드러나는 등고선
두어 뼘도 안 되는 야윈 등줄기
작은 바람에도 흔들리고 기울었다

나무 등걸에 등터진 매미 허물처럼
아버지 굽은 등이 터질 듯 시리다는 말
왈칵 내 깊은 강물이 한 번 출렁거렸다

멍텅구리배

통통배 밧줄에 매달려
포구로부터 사정없이 끌려와
먼 바다 유배지에서 저렇게
홀로 아득히 흔들리고 있는가

어둠 속에서 한 열흘
너에게 멱살잡이 된 채
밀물에 쫓기다가 썰물 붙들고
숨막히게 출렁거리다 보면
몸으로 부딪치던 파도가 쏟아졌다
뱃속의 허기 다 풀어 던지면
적막에 몸 맡긴 달빛도 불어터졌다
삶이 저렇듯 포구에 목매는 일이라면
그대 밥벌이에 어깨 짓무른 가장이라서
때로는 저렇게 멱살잡이도 당하는지
멱살 잡힌 채로 파도가 후려치듯
포구에 묶인 배처럼 몹시 흔들리고 있는지

발가락에 대하여

보도블럭 위를 알짱거리는
비둘기 발가락을 무심코 본 후로
종종 걸음 멈추고 안쓰럽게 세는 버릇
발가락 하나가 잘리고 없는 놈
그나마 둘 달린 놈
드물지만 한쪽 발가락을 다 잘리고
뒤뚱거려 애 쓰이는 녀석도 보인다
배고픈 날 서대구공단 야적장을 뒤진 모양이다
명줄만큼 질긴 나일론실에 걸렸을 것이고
올가미에 졸려 질식된 발가락이 말라서 떨어진다
작두에 잘린 할머니 집게손가락이 보인다
겨울이면 그 손가락이 시려 콧김 호호 쐬면서
손발이 성해야 벌어먹기가 수월하다는 넋두리
잠금장치에 갇혀 군말 없던 내 발가락들
곰팡내로 밀폐된 독방살이를 이젠 알겠다
밥벌이에 골몰해 손발가락 내 줄 뻔했던 일
바쁜 걸음 멈추고 비둘기 발가락을 보다가
내 손발의 품삯이 얼마나 송구스럽던지
꼼지락거리며 엎드려 경건하게 아는 체 해 본다

붉은 나미브

거친 녹빛이기를 염원했던 영토
쏟아내는 거대한 모래시계들
가두고 채워도 흘러간 시간 뿐
속수무책이다
스스로 무너져내리는 것은
모래언덕의 숙명 같은 것
아찔하게 바닥이 보이지 않는 단애
속임수가 난무하는 그 너머와 너머
젖무덤으로 드러난 바람의 나신들
숨 가쁘게 치닫는 하루가 애끓는 곳
바람이 끈질기게 벗기는 맨살의 언덕배기
사막은 생을 이따금 한 발 뒤로 무너뜨린다
또 한 발 허방에 밀려나기를 수도 없이 반복하며
악을 쓰면 쓸수록 꼼짝없이 파묻히는 발
모래언덕은 늘 저 먼저 붉게 끓어 넘친다
셀 수 없는 시간 겹겹이 주름지는 붉은 모랫길
어디든 서쪽은 붉게 물들고 저물고 말겠지만
맨발로 달려들어도 버틸 수 없는 곳
붉은 젖가슴, 붉은 눈동자, 붉은 바람
떠날 수 없는 붉은 영토
뜨겁지 않은 발로는
절대 도강할 수 없다는 붉은 나미브
한 생이 흘러 당도하는 서쪽 끝
노을은 붉다못해 까마득히 혼절도 한다

소낙비

한 열흘 훨 넘어섰지 싶어
뙤약볕 아래서 헥헥 거린지가

참 더럽게도 야박하단 말이야
뭉게뭉게 젖줄 품은 여편네 치고는

어린 것들 입이 말라 꼬부라질 성 싶으면
맨발 벗어들고 후다닥 겁나게 들이닥치는구만

왠간히도 급하긴 급했던 모양이라
불어 터진 젖통일랑 대충 쓱쓱 문질러
출출히 젖줄 뿜다가 종래 쏟아붓는구만

성질 급한 여편네 하는 짓이라고는
아예 젖꼭지 채로 냅다 집어 던지는지
수면 위로 수 없는 물꼭지 튀어 오르는 것 좀 보게

엉덩짝은 야튼 가벼워서 냉큼 일어나는데
얼김에 얻어먹은 그 한 모금이 감질나
오래 애 말리지 말고 다녀간다면 감지덕지라
치마꼬리 붙들고 늘어지지도 못하는 사이

느닷없이 얻어맞고도 오히려
속 후련한 소낙비 같이 용천할 사랑
언제고 다녀가기는 할까나, 사노라면

소릿길

나는 오늘도 소리 만나러 간다
바람의 속은 어제처럼 은밀하다
어떤 이는 그 바람을 붙잡고자
은유의 길섶만 죽자고 훑다가 돌아왔단다
바람의 길은 너럭바위에도 앉아있고
구름이 멈춰서 기다리는 것도 알아야 했다
죽어라고 정상만 향해 달리다가
더 이상 못가 퍼질러 앉았던 그 자리
한 발 들고 뛰어 내릴 숫자를 세다 내려다 본
낭떠러지가 두 눈을 무섭게 부라려준 자리
저물도록 통곡하다 고요를 만났던 그 자리
내 안의 소리 다 내려놓고 그만 내려가라고
등을 토닥토닥 죽비 치는 소리를 들었다
오랜 시간이 지나 천 개의 귀가 열어주었다
가볍고도 천천히 걸어야 잘 낫는다는 길
홍류동 물길 따라 숨 붙이고 사는 소리
제각각 절박해서 하소연하는 몸의 소리
해질녘 휘파람이 되어 내게 돌아오던 소리
소리의 어미가 소리만 낳아 키우는 그 길

순응

낙엽이 진다
늦은 가을을 눈치 챘다

갈비뼈 쯤 까치밥 한 알 숨긴 것
짙은 녹음으로 볼 수 없던
여름 숲의 어깨 그 너머까지
우거질수록 안달했던 네 가슴 속
안절부절 조바심에 애가 말랐다

휴,
이제 보이는 걸
저절로 벗어 다 보여주는 것을
봄부터 나는 까치발 들고 괜히 용 썼다

숨길, 우포늪

잘못 갇힌 몸
물 나들길 끊어지고
몇 만년을 수장한 채

닫아도 닫히지 않는 마음
열어도 열리지 않는 몸

우포,
아프고 아파 뿌리를 헹구는 수생들
태고에서 멀고 먼 여기까지

가시연잎에 얹힌 따가운 생
누구든지 한 번 들어온 길
다시 돌아가야 할 숨길

애타게 붙들고 만류하는 어귀

앵무새, 날개가 없다

"굴이 한 보따리에 오천원,
싱싱한 굴이 오천원에 한 보따리!"

몹시 추운 12월의 아침 7시다

컬컬한 사내가 쏟아내는 고함소리
겨울 아침을 뿌연 입김을 부추기는
저 다급한 모가지에 매달린 식솔들을 떠올렸다
빤히 내다보는 목구멍이 몇이나 될까
밤새 먼 바다서 건져온 굴을 앞세우다니
도심 골목에다 내동댕이치는 절박함이라니
신발 뒤꿈치에 물린 바짓단 뺄 새도 없이
밥벌이에 바쁜 내 모가지에 매달리며 애원한다
어느 목구멍이 더 급한지 기습작전을 꾀하고
앵무새를 키운다는 게 발악하는 기계를 키웠나

꿈틀거리는 게으름에 멱살 잡히기 쉬운
몹시 추운 12월의 아침 7시쯤
화들짝 게으름을
단숨에 걷어차게 하는 저 울음통 열일 중이다

어느 멈춘 맨발에 대한 위문

휠체어 발판 위에 조용히 얹힌 사내의 발
늘 오후 3시면 요양원 남쪽 창으로 들던
햇살처럼 비스듬히 저 혼자 기울어지곤 했다

유사시 한 치 어긋남 없이 장전된 총알이자
가슴에 품은 식구를 지켜낸 방패였던 맨발
낡은 군화를 벗어던진 지 오래 되었다

치열했던 격전지가 창 너머 있지만
통신두절의 전장은 이미 암전되었다

임무중지 당한 맨발
자유를 놓아버린 맨발
선택의 여지 저 발들에게는 없다

잠들 때도 바깥을 향해 불침번 서던 맨발

창문을 염탐하듯 기웃거리는 햇살받이로
불같이 호령하던 깃발은 기억에서 사라지고
한 물 간 무용담의 전설처럼 노병이 된 사내

흘러내린 발 스스로 거둘 줄도 모르는 사내

쓸쓸한 그 발은 누구든지 눈치껏 거두어준다

퇴역한 사내를 맡아 극진히 모신다는 요양원에서
자기 발이 흘러내린 걸 모르고 전방만 주시하는
그의 맨발이 무척이나 무거웠다
저 맨발이 퍼올리다 중단한 그곳의 우물처럼

야뇨증

머리맡에다 우리 어머니
콩나물공장 차렸는지 물둠벙에
콩나물시루 두 개 앉히고
시도 때도 없이 물을 퍼부었다

얼어붙은 미나리꽝에서 종일토록
얼음 지치며 모닥불 장난친 날 밤
곯아떨어진 잠결 속 꽉 찬 방광을
건드리며 물바가지 긁는 소리
꿈속 논두렁 위에 일렬로
엉덩이 까고 오줌발 멀리 보내기
도대체 시원치 않아 용을 쓰는데
졸졸졸 내 몸으로 물길 트이는 소리
급기야 아랫도리에 물꼬가 열리는 밤

쑥쑥 자라는 콩나물이 그저 대견하여
홀로 키우는 늦둥이 책가방과 책이 되길
진물 밴 가슴 가늘게 불어주는 입김으로
마지막 한 방울까지 소진한 빈 물둠벙
마르지 않는 그리움은 때마다 출렁이고
물소리 멎은 그날부터
나는 자꾸 무엇이 마렵기 시작했다

업業

김씨는 노인요양병원 중환자실 간병인이다
이승과 저승의 경계를 안내하듯
임종의 순간 가장 가까이서 일손을 보태고 있다
어제는 2번 침대에 쏠렸던 일손을 거두어
오늘 1번 침대의 흐린 눈동자 잔영을 유심히 살핀다
저 눈동자 기어코 내일을 보리라 간절히 바라고 있고
내일이면 또 내일을 붙들며 오늘을 버티겠지만
김씨는 벌써 알고 있다
오늘에 갇혀 내일을 놓치는 탄력을 잃은 온갖 끈들
흐린 그림자 뺏기지 않으려 안간힘 쓰는 이에게
김씨의 송곳같은 시선이 꽂히면 기다리던 순서 돌아온 듯
가족들은 불편한 어둠을 벗어내듯 서둘러 장례를 준비하고
김씨의 진두지휘에 힘이 실리자 고분고분 망설임 없는 손길
절실하게 붙들고 매달려 혼신을 다 한 자리에
방금 내려놓은 시간의 멈춤도 잠시 가차없이
소독약이 뿌려지고 흔적 지우기에 한 치 주저함이 없다
새하얀 덮개를 씌운 침대가 그 자리에 들어오고
오늘과 내일의 경계선에 세울 순서를 골라내는
김씨는 열심을 다해 지금 밥벌이 중이다

지게, 아버지를 벗다

헛간에 방치한 아버지의
지게가 자꾸 삐거덕 거립니다

한 발 먼저 나서주던 지게작대기
작은 바람의 역성에도 기울어서
바소쿠리에 알뜰히 얹었던 살림들
한 무릎 꿇고 지게작대기로 버텨봅니다

바람을 맞서며 흔들리고 닳았는지
길게 드리운 그림자가 점점 짧아지고
아무리해도 두 발로는 버거운지
부지런하던 지게가 기어이 멈췄습니다

거미줄이 점령한지 오래된 헛간에서
미동도 없이 벽에다 비스듬히 기댄 지게는
거뜬하게 짊어지던 기억도 잊었나봅니다

우리 아버지 지팡이 앞세우고
한 발 두 발 세 발로도 안 되겠는지
걷던 길을 우두커니 멈추고 또 섰습니다

관조의 시

임현준 시인

관조의 시

임현준 시인

1. 본다는 것

세상사 보는 것만큼 중요한 일이 있을까요. 보이는 데 열중하고 와중에 보려는 열망으로 가득한 현실계인 까닭입니다. '아름답지 않으면 보지 않겠다'는 어느 예술가의 말도 본다는 것이 전제된 지극히 인간적인 욕망에 대한 언사겠지요. 그러니 외적인 면이나 내적인 면이나 본다는 것은 우리 마음에 설정된 기본값일 터입니다. 순전히 보아야 보이고 보여야만 감지할 수 있고 그런 연유에 인지해서 감득의 영역에 가닿을 수 있을 테니까요.

보이는 것, 보는 것이 주목받는 건 비주얼적인 시대의 물질주의 때문만은 아닐 겁니다. 철학이나 종교의 측면을 거슬러 올라가다 보면 깨달음에 관한 교의나 교리가 '본다는 것'에서 맹아되었음을 알게 됩니다. 서양 쪽의 유구한 핵심 개념인 이데아idea는 본디 '본다'에서 유래되었으니, 실존이니 현상학이니 하는 것들의 기본 테제도 여기에 대한 반

론 혹은 보충 설명에 불과한 건지도 모르겠습니다. '알아'
라는 말이 영어로 'I see'라는 것도 따지고 보면 재미난 현
상일 테지요. 우리네 동양 쪽 '본다'의 전제도 고만고만할
터입니다. 불교의 반야般若도 '가려본다'는 뜻이고, 유교의
인仁도 타자를 보아야지만 생기는 가련한 마음일 겁니다.
객관성을 추구하는 과학의 방법론에서는 '관찰'이라고 하
고, 철학이나 종교와 같이 심미적 측면에 무게를 두면 '관
조'라고도 부릅니다.

　밑도 끝도 없이 형이상학에 빗댄 군더더기 말을 모두에
던져놓는 것은 박언숙 시인의 첫 시집 『잠시 캄캄하고 부쩍
가벼워졌다』가 본다는 것, 그러니까 시적인 관조에 충실한
시집이기 때문입니다.

　　몹시 불편하던 혹한의 오후였다

　　손 꺼내기도 싫어 호주머니의 어둠을 만지작거리며 걸
었다
　　아주 잠깐 사이 바람 속에서 새 한 마리 떨고 있었고
　　멈춘 발걸음에 바람이 잠시 선심 쓰듯 멈춰준 덕분이었다
　　엄지와 집게손가락 둥글게 말아 새끼참새를 보듬어 본다
　　마치 내가 상위계층의 선심인 양 옷깃을 열어 되도록 깊이
　　어미였으니 비록 마른 젖줄의 모체 본성에 충실하듯 여
념 없었다
　　시린 내 손바닥으로 건너온 엄지손가락만 한 새의 체온
이 당도하기까지
　　참깨씨 만한 실눈 깜박이며 팔락거리는 심장박동이 만

져지기까지는

　그러다가 내 엄지와 집게손가락의 서툰 힘 조절에

　몹시 불편해하며 채송화 잎사귀 같은 부리를 삐죽거리
는 사이

　차마 만져지지 않는 깃털의 보드라움과 눈치채지 못한
발톱의 날섬

　손바닥 위를 도움닫기하며 눈깜박할 사이

　팽팽하던 겨울 허공을 날카로이 찢는 도약

　먼지만 한 나의 착시를 산산이 부수고 튕겨 오르는 비상

　새끼참새의 심장박동보다 더 가벼워진 헛손질

　어디로 날려 보내야 할지는 참으로 하찮은 나의 걱정이
었고

　그야말로 참새 꼬리만 한 혹한의 하루였고

　어이없지만 비껴갈 수 없는 만남

　어쩔 수 없는 눈곱만한 이별

　참으로 어찌하지 못할 영역이었다

　　ー「참새 가볍게 만진 날의 일기」 전문

　시를 쓰는 이라면 시인 됨의 첫째 마음가짐이 지극히 바
라봄이라고 막힌 귀에 수도 없이 들었을 테지요. 아무리 듣
고 보아도 또 아무리 경험하더라도 관조하는 행위가 가히
쉬운 일이 아님도 우리는 압니다. 짐짓 고요한 마음으로 사
물이나 현상을 내면에 비추어 보는 것이라는 철학적 개념
을 가져와 설명하려 들어도 다만 형이상학적인 원론에 그
칠 뿐입니다. 그럼에도 시인에게 본다는 것, 관조의 태도는

불가불 갖춰야 할 미덕입니다. 시인에게 아는 만큼 보인다는 건 모르겠지만, 보는 만큼 마음에 어떤 형상을 들어앉힐 수 있을 테니까요.

어쩌면 '본다는 것'은 추체험을 비롯하여 '경험하는 행위' 그것과 등가의 관계에 놓여 있을지도 모르겠습니다. 그래야 문학은 과학과 대별되고, 역사보다 근본적인 이야기를 하게 되고, 철학과 종교와 다른 지점으로서 존재하게 될 겁니다. 여기서부터가 문학이 특히 시가 빛을 발하는 부분일 겁니다. 개개의 생명에 대해 구체성을 부여하고 이미지를 입혀서 마음의 상태를 가늠하여 표현하는 일, 그러니까 '혹한의 오후'에 '어둠을 만지작거리'는 '손'과 '새끼참새'의 '체온' 그리고 '체온이 당도하기까지'의 '내 엄지와 집게손가락의 서툰 힘 조절'과 같은 심상에 의한 관조가 그렇습니다.

시인에게 본다는 게 단순히 시각적인 차원에 머무르지는 않겠죠. 마음속에서 재생되는 심상은 오감이라는 눈을 통해 공감각 작용 속에서 만들어집니다. 시인이 세계를 느낄 수 있는 모든 방법이 '시인의 눈'과 관련된 것이지요. 그러한 의미에서 박언숙 시인의 시집에는 '본다는 것'에 대한 시적 태도가 과잉에 가까울 정도로 두드러집니다. 물론 시인이 본다는 것은 과학적 수단으로서 관찰이나 종교적 심안으로서 성찰과는 거리가 있습니다. 대게 좋은 시인들이 그렇지만 박언숙 시인도 지극히 평범한 한 인간으로서 범상한 일상을 바라봅니다. 그러면서 과학보다는 인간적인, 종교보다는 정밀한 구체성을 띤 서정의 눈으로 사물과 사건을 보는 거지요. 어쩌면 박언숙 시인의 시 대개는 보아야지만 감득의 영역에 닿을 수 있다는 말에 전적으로 철저한 것처럼 보입니다.

그러면서도 보이는 대로 마구잡이로 보는 것도 아닙니다. 온전히 시인의 내면이 동할 때만 보이거나 보기 때문이지요. 이 지점에서 한 가지 짚고 넘어가야 할 것이 있습니다. 박언숙 시인은 어떤 시적 내면을 가지고 있고, 그 어떤 시적 내면이 바라보는 시적 습관은 무엇이냐에 관한 겁니다. 단언컨대, 박언숙 시인의 첫 시집의 스펙트럼은 '새끼 참새'의 '차마 만져지지 않는 깃털의 보드라움과 눈치채지 못한 발톱의 날섬'과 같이 종잡을 수 없거나 그 가능성이 무궁하여 딱히 뭐라 정의내릴지 알 수 없습니다. 시적 소재의 측면에서나 시적 태도의 지향성 측면에서나 어떤 뚜렷한 완성을 이루지 못하였다는 의미로 오독되어질 수도 있겠지만, 반대급부로 시인이 앞으로 절차탁마할 가능성의 영역이 첫 시집의 테로 보아 엄청나다는 뜻이 더 정확하겠습니다. 더군다나 시인이란 존재의 '본다는 것'은 태생적으로 난분분 어지러운 것이고, 플라톤의 슬로건같이 '좋음의 이데아'를 향해 있는 것만도 아니니까, 박언숙 시인의 가능성은 현재로서는 가늠하기에 단서 부족인 채로 의미가 큰 것이겠지요.

기실 본다는 것이 '참으로 어찌하지 못할 영역'이긴 합니다. '참새 꼬리만 한 혹한의 하루'는 '어미였으니 비록 마른 젖줄의 모체 본성에 충실하듯 여념 없'는 인간사의 도상이겠지요. '바람 속에서 새 한 마리 떨고' 있어도 '엄지와 집게 손가락 둥글게 말아 새끼참새를 보듬어' 보아도 '어디로 날려 보내야 할지는 참으로 하찮은 나의 걱정'일 따름일 겁니다. '채송화 잎사귀 같은 부리'의 참새를 인간의 최고 가치의 모체 본성으로 보듬더라도 결국 '먼지만 한 나의 착시를 산산이 부수고 튕겨 오르는 비상'을 '어찌하지 못할 영역'으로 체념하듯 감득한 시인의 관조 능력은 가히 비근한 것이 아닐 겁니다.

이는 외면과 내면의 오랜 관찰이 쌓여야 될 것인데, 시인이란 결국, 이데아에 닿을 수 없는 존재, 타자와 자아의 온전한 합일은 애초에 가능하지 못함을 아는 존재, 불완전한 존재의 완전함에 대한 열망과 그에 상응하는 완전한 비극을 점지하는 존재임을 박언숙 시인은 잘 알고 있는 듯합니다. '순간은 머물지 못하는 애통함에 젖고/잠시는 머물 수 없는 야속함에 칭얼거리겠지/…/순간과 잠시의 관계'를 감득하고 있음을 첫 시집 첫 작품에 내세운 것이 그 증거입니다. 본다는 것이 이렇게 한순간이요, 본다는 것이 이렇게 잠시 동안만 가능하다는 것을 우리는 애통하게 또는 야속하게 칭얼거려야겠지요.

2. 시인의 업業

결국 본다는 것은 시인의 업일 겁니다. 박언숙 시인도 예외는 아니라서, 아니 오히려 보려는 시인의 마음가짐이 지극해서 본다는 것 그 자체에 시를 상정하고 있는 것 같습니다. 그러니 무엇을 보든 어떤 것을 체험하든 개의치 않는 것처럼 보입니다. 그것은 '나는 자꾸 무엇이 마렵기 시작했다'(「야뇨증」)처럼 '무엇'에 대한 것이 '나'를 만드는 것이 아니라, '마렵기 시작'한다는 것이 '나'의 시적 욕망이 된다는 고백으로 읽힌다는 것이지요. 어쩌면 시인은 그 무엇도 만질 수 없고 고치거나 바꿀 수 없는 자일 겁니다. 그래서 모방의 세계에 살면서 모방된 사물과 사건을 관조만 해야 하는 존재일 것입니다. 그러한 시적 태도 자체는 박언숙 시인이 가지고 있는 어떤 세계에 대한 그리움이라 할 수 있습니다. 아니 시인의 관조는 이데아를 그리워하는 것밖에 할 수 없는, 아니 그리워하는 그 자체가 시인이 관조함으로 도달하려 하는 이데아일 게지요. 이쯤 되면 시인에게 그리워하는 것은 당연한 업보이자 업이 되겠습니다.

박언숙 시인이 '자꾸 무엇이 마렵기 시작'한 생리적인 현상처럼 보는 것에 집착하는 대상은 사실 그리 특별한 것은 아닐 겁니다. 시인의 그리움의 대상이 거창한 게 아니라는 말이지요. 그 나물에 그 밥 같은 우리네 일상에서 불쑥불쑥 복받치는 감정과 별반 다르지 않습니다. 가령 벌레의 우화나 「생태보고서」와 같은 연작들은 지극히 개별적인 삶의 발로에서 연유된 작품들이지요. 특이할 점은 개별적인 것이 곧 보편의 영역을 지극히 잘 드러내고 있다는 사실일 겁니다.

플라톤이 시인추방론을 언급할 때 우리는 모사품을 양산하는 예술가의 사기성(?)에 주목합니다만, 기실 플라톤이 상정한 모방된 이데아의 방향은 귀납의 로고스를 설명하려는 철학적 논리에 다름 아니었습니다. 그러니까 귀납을 통해 이데아를 추구하려는 것이 본질이었다는 말이지요. 덧붙여 예술가들이 창조한 작품에 갇혀 현실계를 제대로 보지 못함을 경계하라는 협박성 경고라 하겠습니다. 프라타고라스의 슬로건처럼 '만물의 척도'는 모든 개개인에게 있는 것이 아니라, 오로지 언제나 옳고 영원하며 통일적인 논리성을 갖춘 이데아에 있어야 한다고 플라톤은 생각했습니다.

　여하튼 귀납의 방법으로서 박언숙 시인은 시집의 처음부터 끝까지 개별적인 것에서 보편적인 것을 드러내리라 마음먹었을지도 모르겠습니다. 이것은 모든 시인들의 업이요, 개개 시인들에게 내려진 특수한 명령이기도 합니다.

　　던져놓은 기억 속을 꾹꾹 찌르는 까끄라기

　　구수해서 더 배고픈 보릿대 타는 연기

　　들여다볼수록 시커멓고 캄캄했던 아궁이

　　목젖이 다급하게 불러대는 빈 숟가락질

　　쭉정이들 탈탈 털어낸 노름방 문틈으로

　　풋보리 닦달하랴 울화통 난 어머니 키질

　　오뉴월 보리북데기처럼 훨훨 날아간

　　먼 그리움

　　다 던져두고 어머니만 건져내고 싶은 저녁
　　ー「그 보릿고개」 전문

옛말인 채로 '보릿고개'라는 개별적 경험이 '어머니'에 대한 '먼 그리움'으로 치환되어 있음을 보게 됩니다. 전혀 현대적이지도 세련되지도 않은 늙은 단어들의 집합이 돌연 '어머니만 건져내고 싶은 저녁'이라는 심상치 않은 보편적 정서를 떠받칠 때 우리는 너나없이 공명하는 시간을 고봉밥처럼 떠먹게 됩니다. 배고픔에 대해 이야기하면서 풍족한 정서의 원천인 '어머니'를 소화시키는 일이 가능해지는 부분이기도 합니다. '어머니'를 그리워하는 보편적 독자들은 감정의 울림이 포만감처럼 들어차는 것을 느끼게 될 겁니다.

사실 문학에서 이야기하는 모든 개별적 경험은 모든 이들이 경험했던 사건들이기도 합니다. 거꾸로 말하면, 시인에게 개인적 경험이란 단순한 의미의 '개별'이기보다는 당신과 우리를 '나'에 포함시킨 겁니다. 그러니까 일반적인 보편의 개념이라면 우리 안의 나이겠지만, 시인에게 '나 안의 우리'라는 도식을 실현시키는 게 시의 진정성이요, 새로움일 겁니다. 그러기 위해서는 나 안의 우리를 주야장천 관조해야 합니다. 이 본다는 것에 대한 열망이 시인의 남다른 결핍이나 욕망에서 나오는 것은 당연한 것이겠지요. 지리멸렬할 정도로 보면 보입니다. 나는 곧 당신이고 나는 곧 우리라는 시적 보편이!

박언숙 시인은 개별의 것에서 보편을 본다는 면에서 이데아적 공식에 철저한 시인입니다. 우리의 현실계는 모방된 이데아여서 아무리 닿으려 해도 진짜 이데아에는 얼씬도 못합니다. 문제는 본 적도 없고 만져본 적도 없는 이데아를 추구해야 한다는 것이겠지요. 결국 시인이 할 수 있는 것은 모방된 세계를 보는 것 이외에 달리 방법이 없습니다. 여기까지가 시인이 현실을 바로 보지 못함을 지적한 플라톤의 공격이었습니다. 그러나 여기에는 맹점이 가려져 있습니다. 철학과 종교의 이데아와 문학의 이데아는 접근하는 방법론에서 차이가 난다는 점이지요. 당연히 시인도 보편을 토대로 세계를 보아야겠지요. 그렇다고 그 보편의 추구가 형이상학적일 필요는 없습니다. 딴에는 성스러움과 깨달음이라는 것과 별개의 것으로 시의 이데아는 추구되기도 합니다. 그러니까 시인이 철인이나 성인이 될 필요는 없다는 겁니다. 박언숙 시인의 시편들을 잘 들여다보면 철저히 세속적이고 범상한 것들뿐입니다.

김씨는 노인요양병원 중환자실 간병인이다
이승과 저승의 경계를 안내하듯
임종의 순간 가장 가까이서 일손을 보태고 있다
어제는 2번 침대에 쏠렸던 일손을 거두어
오늘 1번 침대의 흐린 눈동자 잔영을 유심히 살핀다
저 눈동자 기어코 내일을 보리라 간절히 바라고 있고
내일이면 또 내일을 붙들며 오늘을 버티겠지만
김씨는 벌써 알고 있다
오늘에 갇혀 내일을 놓치는 탄력을 잃은 온갖 끈들
흐린 그림자 뺏기지 않으려 안간힘 쓰는 이에게
김씨의 송곳 같은 시선이 꽂히면 기다리던 순서 돌아
온 듯
가족들은 불편한 어둠을 벗어내듯 서둘러 장례를 준비
하고

김씨의 진두지휘에 힘이 실리자 고분고분 망설임 없는
손길
절실하게 붙들고 매달려 혼신을 다 한 자리에
방금 내려놓은 시간의 멈춤도 잠시 가차없이
소독약이 뿌려지고 흔적 지우기에 한 치 주저함이 없다
새하얀 덮개를 씌운 침대가 그 자리에 들어오고
오늘과 내일의 경계선에 세울 순서를 골라내는
김씨는 열심을 다해 지금 밥벌이 중이다
　　　　　　　　　　　　　　　　　　　 —「업業」전문

　우리가 흔히 오해하는 것 중의 하나가 시인의 윤리성입니
다. 정치하는 이들은 불신의 기술에 능해도 되지만, 시인은
불신에 옷깃이라도 젖게 되면 세상 망할 징조가 된다는 거
지요. 과연 그럴까요. 성직자는 신에게 속한 이들이니까 신
들의 명령, 윤리의 명령에 따라야겠지요. 반면 문학은 삶에
속한 것이니 인간의 마음과 정서에 따라야 합니다. 인간의
정서가 '좋음'의 영역만 발 담그고 있지는 않을 겁니다. '좋
지 않음'에 해당하는 쓰라림, 냉정함, 잔혹함, 슬픔 등도 분
명 인간을 인간답게 만드는 감정의 영역들일 겁니다. 문학
이 정치로부터 혹은 종교나 철학의 교의로부터 꾸준히 독
립을 외치는 이유도 여기에 있습니다. 이러한 차등 없는 정
서에의 외침이 극한까지 치닫게 된 것은 낭만주의였을 겁
니다. 현대에 와서 서정시 계열의 시인들은 인간의 서정에
복종하는 자들입니다. 서정이라는 것이 사실 욕망과 감정
의 고상한 말 아니겠습니까. 순수한 욕망과 감정을 노래하
는 시인에게 요구할 수 있는 건 윤리가 아닙니다. 윤리는 기

본 전제이지만 시인의 주된 놀이터는 삶입니다. 삶의 헛발질로 공을 차고 그러다 자빠져 울다가 저물녘 우리를 부르는 죽음의 호명에 배고픈 아이처럼 불려 가는 마음의 행방, 그것이 문학의 영토요 시의 관할구역일 겁니다.

그러면서도 시인은 간병인같이 환자의 시간을 관조하는 초월자여야 합니다. 간병인은 죽은 환자의 병상을 새롭게 죽을 환자의 병상으로 변환시키는 사람입니다. '오늘과 내일의 경계선에 세울 순서를 골라내는' 시인은 다만 '벌써 알고 있'는 자입니다. 시인의 역할은 거기까지입니다. '김씨는 열심을 다해 지금 밥벌이 중'인 것처럼 시인의 업은 그저 보는 것입니다. 그러니 시인의 바라봄은 '좋음'에 있지 않습니다. '좋음'의 영역은 철학과 종교의 일입니다. 시인은 '좋음' 그 너머의 어떤 날것의 영역을 바라봅니다. '좋음'의 이데아는 신의 일이고 의사의 일이고 목사와 스님의 일입니다. 시인의 이데아는 간병인의 '밥벌이'와 같이 묵묵히 보는 데 있습니다. 그 날것의 영역에서 다만 시인은 '불덩이 아침 해가 올라오도록 밤새 뒤척였다// 저 별 하나 찾을 때까지'(「열대야」) 보는 데 열중합니다. 그 날것의 영역이 '빈들에 노을이 지면 나그네 등짐처럼/ 아버지 뒷모습으로 드러나는 등고선'(「등이 시리다는 말」)처럼 벗겨지고 드러날 때까지 말입니다.

3. 박언숙 시인의 간택簡擇

앞서 우리는 박언숙 시인의 시적 바라봄이라는 태도 자체에 대해 이야기하였습니다. 그렇다 할지라도 빅뱅과 같은 첫 시집의 출현에 대해 벌써부터 어떤 세계관에 포획되어 있다고 단정 짓는 것도 시인 쪽에게나 독자 쪽에게나 못할 짓이겠지요. 이쯤에서 우리는 『잠시 캄캄하고 부쩍 가벼워졌다』를 통해 시들이 보여주는 어떤 대강의 성향밖에는 말할 수 없음을 고백해야겠습니다. 근거 부족이 아니라 근거마다 무한가능성이 박언숙 시인의 시에 맹아되어 있기 때문입니다. 무의식의 거대한 빙하가 수면 아래 잠기어 있듯이 우리가 이번 시집에서 감지할 수 있는 부분은 수면 위로 살짝 솟아오른 작은 빙산일 테니까 더더욱 시적 세계관에 대한 정확한 분석은 요원합니다.

어쩔 수 없이 따져보아야 할 것은 시인이 완성하고자 하는 보편이 아니라, 보편을 향해 나아가는 시인의 태도가 어떠하냐는 겁니다. 가령 '뭐라도 챙겨서 돌아가고 있는 개미/ 하루를 견딘 뒷덜미 물관을 노리는 모기/ 도로 위를 죽기 살기로 엉겨 붙는 퇴근 행렬/ 가만히 들여다보기엔 다 똑같다'(「어떤 차이를 읽다」) 같은 시적 태도는 어떤 보편성을 향해 치닫습니다. 거기에는 '차이'를 통해 공통의 본질을 낚아채려는 의도가 깊숙이 관여되어 있지요. 차이를 감득하지 못하면 개개의 사태나 사물을 분별할 수 없고, 그렇게 분별없으면 차이 너머의 세계에서 작동하는 보편의 영역에 닿을 수 없을 겁니다. '개미'와 '모기'와 '죽기 살기로 엉겨 붙은' 우리가 표면적인 차이 너머에서는 '다 똑같다'라는 본질로 읽힐 수 있다는 시인의 서늘한 세계 독해가 깔려 있는 거지요. 물론 박언숙 시인이 꿰뚫어 보는 본질로서의 보편이 세계를 작동시키는 어떤 윤리성이 아님을 우리는 압니다.

앞에서 한 말이지만, 철학적 개념의 이데아는 '좋음'에 목적을 두고 있으니 당연히 '좋지 않음'에 대한 이원론적인 시각이 결정지어져 있겠지요. 어쩌면 두 개의 상반되는 세계가 시소의 양축으로 붙어 있어야 '좋음'의 발끝이 '좋지 않음'을 딛고 균형을 잡을 수 있을 겁니다. '좋음'의 윤리는 결국 '좋지 않음'을 희생하여 세워진 지극히 인간적인 선善이겠지요. 박언숙 시인의 시에도 이런 '좋음'의 이데아는 편편이 존재합니다만, 결코 '좋지 않음'을 배제시키거나 압도하는 '좋음'은 아닙니다. 더군다나 고귀함을 담보로 하는 윤리성과는 성향 자체가 다릅니다. 오히려 지극히 평범하고 또 지극히 여러 방향으로 펼쳐져 있어 그리 특기할 만한 것이 안 된다고 생각하게끔 합니다.

어떤 한적한 휴게소 화장실에서 만난
세숫비누는 문질러도 거품이 나지 않았다
야윈 낯빛과 오래되어 갈라진 몸
속에 품어둔 향기마저 달아나고 없다

찾는 발길 드물어 인심도 팍팍한데
제 몸에 눈물구멍 다 틀어막은 비누까지
세월 앞을 맥없이 기다리다 지치면
아낌없이 풀던 비누거품도 애가 말라

누군가 자주 쓰다듬고 어루만지던 기억
시간 속으로 유유히 흘러간 언저리
바람맞은 몸으로 저리 애태우다 보면

그리운 사람 찾아와도 눈물마저 거두는지
　　―「풍장」 전문

　우리가 박언숙 시인의 작품들을 두고 내놓을 수 있는 변명은 한 가지밖에는 없습니다. 우리가 택할 것은 철학적 이데아의 '좋음'과 이면으로서 '좋지 않음'에 대한 이항대립의 상호배제적 선택이 아니라, 양자를 아우르거나 양자를 무시하거나 양자 사이에서 배회하는 균형의 논리로서의 시적 태도입니다. 박언숙 시인의 보편을 보는 태도 자체는 '문질러도 거품이 나지 않'는 '세숫비누' 같은 겁니다. '오래되어 갈라진 몸'으로 '품어둔 향기마저 달아'난 시적 바라봄의 태도가 '그리운 사람이 찾아와도 눈물마저 거두'는 어떤 경지에 다다르게 합니다. 그것을 과하게 표현하자면 편향된 주제성에도 경직된 윤리성에도 경도되지 않은 어떤 개개의 삶이나 사물 또는 현상들의 여실한 본질을 마주하고 있는 것이지요. 거기에는 어떤 애처로움이 그득합니다. 시집에 수록된 몇몇을 들여다보면 '애타다' 혹은 그와 관련된 시어가 여럿 박혀 있음을 봅니다. 시적 화자의 면면이겠지만 독자로서는 애처로움의 정서를 느끼게 하는 지도상의 좌표 같은 것이겠습니다.
　아마 박언숙 시인의 보편을 향해 나아가는 시적 태도는 이것일 겁니다. 앞에서 '자꾸 무엇이 마렵기 시작'한 것처럼 시인의 '그리움'의 태도가 형성된다고 했습니다. 거기에 더해 시인의 관조적 시각에는 '애처로움'이 그득합니다. 이 마음이 '세숫비누'같이 비루하게 보일 수도 있으나, 기실 애처로움에서 인자함도 자애로움도 사랑하는 마음도 생겨나는 것일 게지요. 거기에 더해 '비누거품도 애가 말라' 오히려 시인의 태도는 다 겪어본 자의 어떤 내려봄의 시선이거나 질척이지 않는 보편의 시각을 갖게 된 건 아닐까요. 그것은 마치 '삶이 저렇게 포구에 매이는 일이라면', '포구에 묶인 배처럼 몹시 흔들리'는 '멍텅구리배'의 애처로움과 동질의 것일 겁니다.(「멍텅구리배」)

물론 시인의 애처로움도 결국에는 작위적일 수밖에는 없습니다. 삶도 인간의 행위 영역이요, 시도 인간의 내면 영역의 일환이기 때문이지요. 여기에서는 인위적인 인간의 보편성을 파헤칠 계제도 없거니와 어차피 해답을 얻을 수 없는 궁벽한 처지이기 때문에 보다 깊은 내용은 건너뛰도록 하겠습니다. 대신 박언숙 시인의 보편을 바라보는 시적 시선이 얼마간 작의적이라 함을 짚고 넘어가야겠습니다.

작의적이라 함은 시인이 바라보는 현실계가 어떤 선택으로 이루어져 있음을 말합니다. 애처로움의 시적 바라봄도 그러하겠지요. 결국 시인은 세계의 모든 사물과 사건들 중에서 마음이 동하는 어떤 것을 선택하게 됩니다. 이른바 간택簡擇하게 되지요. 모두에 언급했던 바와 같이 간택함이란 '가려봄'을 의미합니다. 불교적 비유를 통해 좀 더 유연하게 말하자면, 고요한 호수의 수면(定)에서 어떤 대상을 집중해 본다慧는 겁니다. 시인의 본다는 것이 반야의 성격과 맞닿는 점이 여기에 있습니다. 생활이라는 호수의 표면에서 시인의 눈에 보이는 것만 시적 대상이 됩니다. 그러니까 시인이 보려는 것은 시적인 태도, 곧 간택의 방향이 됩니다. 그러니까 '들여다보는 시간이 길어질수록 나무의 일생이 내게 말을 걸었다'(「나무에게 물어보지도 않고」)처럼 시인은 시적 대상이 말을 걸 때까지 대상이나 사물을 선택하여 바라본다는 거지요. 이러한 의미에서 시인의 본다는 것은 그리움이요, 별스럽지 않은 삶에 대한 자각으로서 애처로움이라 하겠습니다.

결과적으로 박언숙 시인의 장점은 시적인 것을 기다리는 간택의 태도에 있다 하겠습니다. 소소하고 아무렇지도 않을 순간을 포착해 '붉은 딱새 가슴처럼 애 마르고 마는// 순간과 잠시와의 관계'(「관계」) 속에서 시를 기다리는 시인의 애처로움, 그 애처로운 시선의 바라봄이 이번 첫 시집에 대한 또렷하지 못한 해설이 되겠습니다.

사실 시집 『잠시 캄캄하고 부쩍 가벼워졌다』에서 시인이 수도 없이 언급하고 있는 몇 가지 요소를 일부러 외면하거나 가벼이 넘겼습니다. 관계와 차이에 관한 것들인데요. 관계의 끊어짐을 통해 그 이후에 일어날 생의 여백을 유추하게 만드는 것이라든가, 어떤 차이를 관조를 통해 읽고 그 차이를 통해 보편의 영역을 형성해내는 아이러니의 시학이 그것입니다. 이는 살아있는 존재로서의 삶과 불가불 연결되어 있는 것들로서 독자들의 좋은 먹잇감이 될 겁니다. 관조의 시가 삶의 곡진한 아픔을 바라볼 때 필연적으로 뒤따르는 관계과 차이에 관한 것들을 독자에게 떠넘겨봅니다. 그게 박언숙 시인이 우리에게 던져준 '저 분홍 발바닥'(「뗀다에서 든다까지」) 같은 삶의 보편일 겁니다.

박언숙

박언숙 시인은 경남 합천에서 태어났고, 2005년 『애지』로 등단했다. 박
언숙 시인의 첫 번째 시집인 『잠시 캄캄하고 부쩍 가벼워졌다』는 아름다
운 것과 추한 것, 진실한 것과 위선적인 것, 현상과 본질을 추구하는 관조
의 시집이라고 할 수가 있다. 아는 것만큼 보이고, 보는 것만큼 앎과 지혜
가 깊어진다.

이메일 : sopia625@hanmail.net

박언숙 시집

잠시 캄캄하고 부쩍 가벼워졌다

초판 발행   2020년 10월 25일
초판 2쇄   2020년 11월 7일
지 은 이 박언숙
펴 낸 이 반송림
편집디자인 김지호
펴 낸 곳 도서출판 지혜 • 계간시전문지 애지
기획위원 반경환 이형권
주   소 34624 대전광역시 동구 태전로57, 2층 도서출판 지혜 (삼성동)
전   화 042-625-1140
팩   스 042-627-1140
전자우편 ejisarang@hanmail.net
애지카페 cafe.daum.net/ejiliterature

ISBN : 979-11-5728-420-7 03810
값 9,000원

* 이 책은 2020년 대구문화재단 개인예술가 창작지원으로 출간되었습니다.